다람살라 목탁새

석여공 시집

고요숲

사찰
폐기와에

새
생명을
불어넣다

돌부처님 눈꺼풀에서
눈썹이 자라기 시작했네
가늘게 뜬 눈에 보이는 세상
눈썹으로 보는 세상
이윽고 세상 다 본 눈썹들 빠지고
눈이 감기고
그러는 사이 한 생이 갔네

석여공

■ 차 례

1부

영혼이 가렵다   11

목련   12

한통속   13

냉이꽃의 힘   14

살불살조(殺佛殺祖)   16

커피숲 라다끄   17

토끼   18

진화   21

나무하다 쉴 참에   22

발효   23

봐라, 저 비늘   24

저절로   25

탄다는 것   26

방생   27

찾아오는 길   28

사과   31

목어   33

2부

능소화　37

혀　38

바랑전야　39

만져본다　40

접신(接神)　41

취나물 뜯다가　43

그 놈　45

신파 영화를 봤다　46

칼　47

햇빛 안부　49

거시기 거시기　53

단풍　55

빵　56

습관　57

길　58

꽃자리에　59

노래　60

불러주마　61

3부

백 년 있다가　65

새　66

넉넉하고 멍먹한　67

실컷 울었으면　68

연등　69

연밥 익는 내력　70

연필 깎는 아침　73

저무는 것들에게는 없는　74

죽비 치는 시간　75

차 먹는 법　76

콕 콕 콕　77

탁발, 아미타불　78

총총　81

생각했다　82

뻘밭에 머리 조아렸다　83

부처님 손가락에서 놀았다　85

부디　86

4부

부도　89

둥근 것들　90

끈　91

율무차　94

담중유화(潭中有火)　95

일로향실(一爐香室)　96

별　98

소리　99

상처를 건져　100

답장　101

고맙다　102

목어를 듣다　103

사랑한다　107

■ 뒤끝

1부

영혼이 가렵다

누가 내 머리 속에 손을 넣어 토닥토닥 어루만져다오
누가 내 가슴을 끄집어내 잘게 부순 햇빛에 말려다오
누가 내 영혼의 등허리에 손 집어넣고 손톱 세워
달 뜰 때까지 오래도록 긁어다오
아아 영혼이 가렵다

목련

사월에는 내게 오라
울먹울먹 그리운 이들마다
흰 마음 한 주먹씩
꽃 터지게 나눠줄 것이니

한통속

말 끊어진 자리가 있고 문자 끊어진 자리가 있는데
너도 알고 있고 나도 알고 있다
거시기, 거시기, 거시기
그렇게만 하여도 우리는 한통속이다

냉이꽃의 힘

발목 아래 냉이꽃 피었다
냉이꽃 앉은키로 세상을 바라보랴 하면
나는 얼마나 더 작아져야 하느냐
엎드려 냉이꽃보다 깊이 엎드려
냉이꽃에게 절한다

지난 날 네가 밟고 떠나간 그 길에
냉이꽃 피었다
내가 밟고 지나온 길에도 냉이꽃 피었다

차가운 뺨 한 장 남기고 떠난 너는 위대하다
누군가 나를 짓밟는 발목이 있다면
지금 용서하라
그래야 꽃피울 힘을 갖는다

살불살조(殺佛殺祖)

살면서 빈 집을 세 번 고쳤고 이제 또 집을 버리게 됐다

집고치는 기술은 늘어서 집수리하는 업자를 해도 되겠다

지금은 나무하다 어깨가 빠져 측간 목수만도 못하다

지금도 들판에 버려진 빈 창고를 보면,

산비탈 아래 버려진 집을 보면

습관처럼, 앉은뱅이로 깃들어 살다 화석이 될까 생각한다

빈 집에 들 때마다 부처님을 업고 다녔는데

그래서 내가 업고 다니는 부처님은 가뜬하게 가볍다

이즈음은 그도 귀찮아져서

아예 내 안에 모셔두면 좋지 않을까 하여

내 밖의 부처님을 목 졸라 죽이기로 했다

토끼가 하품을 한다

그 절 이끼 낀 석탑 지나 시누대 우거진 터널계단 내려가면
산갈대 모로 누운 곳에 당간지주 서 있다
하늘처럼 높다
바랑 지고 도솔천 올라 놀고 싶었는데
올라갔다 내려오지 못하면 발목 묶일까봐
그냥 세속에 있기로 했다

커피숖 라다77

낯선 동네 커피숖 2층에 앉아 무료하게 누군가를 기다린다
노트를 꺼내 밀린 글 꼭지 제목을 정리한다
휴대폰 문자를 훑어보고 창 밖 풍경을 찍다 그만 둔다
젊을 처자 둘이 와서 스펀지 같은 빵을 뜯어먹더니 책을
꺼내 읽기 시작한다
책만 읽는다
한 처자 책장 다 넘어간 책을 덮더니 새 책을 꺼내 새로
읽기 시작한다
소설을 읽나보다
옆 탁자에 통통한 사내 하나와 긴 머리 여자 하나 와서
선배 이야기를 한다
그 선배 어떤 시인을 좋아했는데, 만날 때마다 그 시인이
쓴 시를 읊조리며 좌석을 시시한 시판으로 만든다며 흉본다
옷 벗은 자작나무 어쩌고 암송하는 흉내를 내며 뒷말 곱
씹어 머리 긴 여자 앞에 놓는다
긴 머리 여자 가끔 사내가 내보이는 흥을 틈타 찻잔에 녹

은 통통함을 한 모금씩 먹는다

그러다 가끔 싱겁게 웃는다

통통한 사내 자작나무 흥보다가 긴 머리 여자 앞세우고
커피숍을 나간다

기다리는 사람은 아직 안 온다

소설책 읽는 젊은 처자, 몸을 이리 꼬고 저리 꼬면서 읽
는다

다른 처자는 아직 꼿꼿하게 책 속에 눈 박고 있다

주황색 라벨과 연두색 라벨과 흰색 라벨 색색이 계단처
럼 붙은 책을 읽는다

계단을 따라 올라갔다 다시 계단을 타고 내려온다

18층에서 갑자기 5층으로 뛰어내리기도 한다

노트에 뭔가를 적는다

전화를 해볼까

내가 너무 일찍 왔다

아래층 한 무리의 사람들이 와자하게 웃는다

바나나 생크림 빵 냄새와 커피 냄새가 올라와 2층을 떠돈다

커피색 긴 앞치마 입은 올린 머리 알바가 와서 퉁퉁한 사내가 버리고 간 흉을 치운다

진화

허공중에 손발 내민 것들은 죄다 날개를 품은 것들이다

절벽 끝에 뿌리 드러난 나무를 보거들랑

눈여겨 보아두어라

겨드랑이에 날개 돋아 곧 새가 될 것이다

나무하다 쉴 참에

목 빠지게 기다려준 사람에게는 가끔 뒷목을 주물러줘야
한다
목 메이게 기다려준 사람에게는 허허벌판이 된 등을 토
닥토닥, 두드려줘야 한다
애타게 기다려준 사람이 입 닫고 먼 산 보면
기다리라, 그리움도 습관이다
때 되면 궁시렁 궁시렁 말 문을 열 것이다

먼 산은 멀리 있고 가까운 산은 애뜻함에 있다

발효

뜨겁게 잘 우려낸 발효차를 먹고
시큼시큼한 김치 곰팡이 슬도록 먹고
꽁꽁 언 고욤 주워다 식초 만들어 먹어도
마음 요놈 쉽사리 발효되지 않았다
그랬는데 썩어 문드러진 것이 삼만 팔천 번쯤 되고
홍어 애꾹 된 것이 오만 육천 번쯤 되고
밴댕이가 속알딱지 비우고 눈 뜬 목어가 될 때쯤
전어 창시가 육바라밀로 다비될 때쯤 되니까
누가 욕해도 그냥 헤벌쭉 웃더라는 것이야
이빨 빠진 영감처럼

봐라, 저 비늘

산수유도 생강꽃도 봄빛에 노랗게 탔다

매화꽃들만 바람을 견딘다

사 월 아직 아니라고

목련 아직 눈 뜨지 못해 새는 저희들끼리 바쁘다

바람이 계곡을 타고 올라 목덜미를 훑고 지나간다

봐라, 물고기가 하늘을 난다

저절로

목탁은 쳐야 소리가 나는데
아이는 때리지 않아도 저절로 운다
엄마 때문이다

탄다는 것

버스가 오는지 함박눈이 내립니다

대합실 녹슨 연탄난로를 껴안고 앉은 사람이

젖은 목장갑 벗어 지짐이 뒤집듯 난로 위에 꾹꾹 눌러 말
립니다

뒤집을 때마다 술 냄새와 함께 수증기 하얗게 피어오릅
니다

말린 장갑 손에 끼고 쥐었다 폈다 쥐엄쥐엄 해보더니

눈 감고 주먹 쥐고 졸기 시작합니다

연탄난로 벌겋게 달아오른 구멍들이 자꾸 고단함을 끌고
들어갑니다

벙어리장갑들 빵모자들이 발자국들에 섞여 버스에 오르고

돌아봤더니 난로 혼자 속 탑니다

방생

밤이다 깜깜한 밤이다

비 잠깐 오다 그쳤고 바람 자고 이파리들도 자고

새들도 자는 밤이다

이 밤에 나는 이 골짜기를 떠나기 위해

기억을 싼다

싸다보니 기억하는 것도 기억을 싸는 것도

기억을 풀어놓는 것도 유목민의 그것이다

풀밭 찾아 철 따라 별 따라 이동하는 유목민에게는

정착한 이들도 한 무리 유목민이다

그들이 스쳐지나간다

세상 어느 골짜기에 기억을 방생하고

다음 생에 꿀 꿈을 방생할 것인지

마음을 싼다 오래도록

찾아오는 길

내가 죽기로 작정하고 오른 산 속에는 휴대폰 안 터지니까 전화해도 막막하면 이렇게 와요.

나비가 일러주는 목적지가 십 리쯤 남았으면 거기가 상금리 소재지예요. 다리 건너 우회전 했을 거예요. 여기서부터는 좌우로 눈 돌려 신선처럼 하얀 백발로 꽃 핀 산벚나무에게 인사하고 햇빛에 잘 익은 진달래 꽃분홍 열일곱 화색빛에 숨넘어가도 돼요. 목적지가 3백 미터쯤 남았을 때 둘러보면 왼쪽에는 다람쥐 사육하는 훈련소가 보이고 오른쪽에는 거기 머문 지 사오십 년은 되었음직한 녹슨 경운기가 오도 가도 못한 채 붙잡힌 인생처럼 서 있는 삼거리가 나와요. 삼거리 왼쪽에 열두봉길이라는 이정표가 구부정한 사람처럼 있어요. 거기서 경운기 방향으로 우회전하면 해 묵은 시멘트 언덕길 깜빡 넘어 오른쪽에 파란색 컨테이너 농막이 보여요. 언덕 넘기 전, 그늘진 비탈에서 생강차 끓어 넘치는 냄새를 풍기며 서 있는 늦바람 난 생강나무 보거들랑 차 잘 먹었노라고, 그러니 부디 고뿔들지 마시라고 토닥

여주고 와야 해요. 거기가 일주문이에요. 그 길 타고 2백미
터만 더 올라오면 큰 언덕이 보일 거예요. 당신이 꿈꾸는 세
상의 새끼 발가락이에요. 그 발가락 사이가 내가 사는 토굴
이예요,

사과

숲길 걷다 이제 막 떨어지는 낙엽
발로 밟았네 미안

촛불 켜 놓은줄 모르고 이불 개다
불꽃 흔들리게 했네 미안

나무 그늘에 앉아있다 다람쥐 도토리 줍는줄 모르고
벌떡 일어나 놀라 도망가게 했네 미안

구름 하도 뭉실뭉실 하길래 좋다좋다 하고 있는데
하필 그 때 날아가는 새
똥 싸는 걸 봐버렸네 미안

돌멩이 주워 개울 밖으로 던진다는 것이
개울물에 퐁당 떨어지고 말았네
물에 놀던 송사리 떼

얼마나 놀랐을까 미안

쫑쫑쫑쫑 책꽂이 밑에서 바퀴벌레 기어 나와
아무도 없는 망중한을 즐기고 있는데
하필 그 때 재채기가 나와
참다 참다 터져나온 천둥 같은 소리에 그만
깽깽이발로 도망가게 했네 미안

목어

쓸 만한 나무를 만나면 목어를 깎아야겠다

고물상 버려진 쇠붙이 더미에서

쓸 만한 쇠붙이를 만나면 철로 된 목어를 만들어야겠다

지르러미 용접하고 아가미를 덧붙이고

비늘을 깎고 내장을 후벼 파서는

나도 한 마리 눈 부라린 목어가 되어야겠다

달을 따다 여의주로 물려주면

산모과 따다 눈알로 박아주면

비늘 떨어지는줄 모르게 지느러미 흔들고

애간장 녹아도 척추뼈는 올곧고

부라린 눈으로도 눈 감은

한 마리 비릿한 목어나 되어야겠다

비 오는 날 내장 비운 속으로 눅눅하게 울면서

쓰린 속 한 그릇 찬 바람으로 해장하면서

하늘 떠다니는 한 마리 목어나 되어야겠다

2부

능소화

나는 능소화다 길가에 피었다

뒤돌아보지 마라

인연 되어 또 만나면 그 때 가슴 뛰어도 된다

가라 어서

나는 홀로 붉었다가 절명하는 꽃이다

혀

혓바닥 무게는 잴 수 없지
말 껍질 까부느라 바쁜데
저울추가 허공의 무게를 재는 것과 같으니
혀를 잘라 바짝 말려 저울 위에 놓는 수밖에

바랑전야

바랑을 싸다보니 담고 갈 건 경전 몇 줄

눈으로 쏟아지던 별무리 몇 두릅

계곡을 지나가던 물소리 한 웅큼

숲을 위무하던 안개 몇 호흡

그리고 미주알 고주알 새 소리 몇 귀절

바랑 벗어 열어보면 그도 다 흘리고 없는 것을

만져본다

만져본다
구멍구멍에 손가락 넣어보고
문턱마다 쓰다듬어주고
모서리마다 손금 깊이 감싸본다
발가락 마디마디 꺾어주며 걸음걸음 노고 다스리듯
삭정이 꺾어 군불 지피듯
눈 아직 오고 맹렬하게 춥다
달이 얼어 고드름처럼 떨어져 깨졌는지
사위도 어둡다
내일은 눈 속에서 나무를 끌어와야겠다
어깨를 만져보듯 겨울을 만져본다

접신(接神)

누군가 아프면 내 횡경막 흔드는줄 알아라

누군가 슬프면 내 눈자위 짓물러지는줄 알아라

누군가 고독하면 내 명치끝 타오르는줄 알아라

취나물 뜯다가

사랑하면 일이 생긴다
고백할 일. 서성일 일
잠 못 자고 깨어있을 일
차 먹다 문득 생각나서 가슴 미어질 일
더운 날 햇빛 가려줄 일
슬퍼할 때 마음 여며줄 일

사랑하면 마음 으깨진다
순두부처럼 으깨진다
기뻐서 빵처럼 부풀었다가 잘린 조각보처럼 올올이 흩어
진다

이 세상에 사랑만한 일도 없다
사랑아 사랑아 해묵은 단어를 반복하다 보면
울기 위해 가슴 부풀린 장마철 개구리가 된다
말하지 못하면 부풀린 만큼 삼켜야 한다

내가 부풀리고 내가 삼켜야하는 고백의 출처에는 상처만
남는다

마르지 않는다

누가 아파하면 이윽히 바라봐줘야 한다

허허 벌판 같은 등짝이라도 좋다

이 세상에서 가장 울기 좋은 모퉁이는 당신 가슴이라고

더듬이처럼 말해야 한다

그 놈

어려서 눈 감으면 뭇별들이 쏟아져 들어오더니
더 커서는 누가 귀에서 끝없이 책을 읽어주더니
이제는 눈 감으면 들숨날숨 숨 쉬는 소리만 들리는구나
없는 내가 숨 쉬는 나를 지켜보고 있구나
이 귀는 누구 귀요
지켜보는 저놈은 또 누구인가

신파 영화를 봤다

앉은 자리 띄엄띄엄한 신파극장에서
펄펄 눈발 아래 엔딩 곡 흐를 때
돌아가는 길에 눈이라도 왔으면 했는데
서리 맞은 달 따 품에 안고 걷다가
계란 쪄서 소금 찍어 먹었으면 하고
식은 호떡도 좋고 김치전도 좋고
저절로 넘어가는 무엇이라도 먹었으면 좋겠는데
큰 일 했다고, 신파 치루느라 애썼다고
영화 본 뒤에는 꼭 허기지다

칼

칼 갈아본 사람은 알지

아무리 날캄하게 잘 갈아놔도

하늘 벨 수 없고 땅 벨 수 없고

자신은 베지 않는다는 것

칼등 눕혀 갈수록 날 서고

칼등 세워 갈수록 마음 바쁘다는 것

마음 세우되 원수 갚기 위해서는

오래오래 갈아야 된다는 것

칼 함부로 뽑지 말아야 한다는 것

뽑으면 쓰고 싶고 쓰게 되면 다시 갈아야 하느니

해치는 칼은 녹슬기 쉽고

바른 칼은 날 무뎌지는 법 없으니

부디 칼 갈 일 있거든 마음부터 갈고

칼 쓸 일 있거든 자기 안에 또아리 튼

마구니나 베라는 것

칼 가는 사람은 칼 주인 마음 헤아려

눕히고 세우고 자재하느니

칼 갈아본 사람은 알지

날 세워 칼 갈듯

칼 끝에 마음 세우는 것이 얼마나 어려운줄

햇빛 안부

내 의도는 아니야. 단지 거기 서 있었을 뿐이야. 문을 열 때마다 바람보다 더 빠르게 햇빛 들면서, 문을 닫을 때마다 햇빛은 어찌됐는지 궁금했을 뿐이야. 한 번 들어가면 다시는 나오지 않는 그 문 안에는, 햇빛 부스러기들이 부서진 비스킷처럼 널브러진 것인지. 떨어져 마르다 몸 뒤트는 너도밤나무 낙엽처럼 바스락거리고 있는 것인지 시신이 되었는지. 아침 해맑은 눈빛만 남기고 몸 빼앗겼는지 궁금했을 뿐이야.

바람에게 안부를 묻고자 해도 바람은 흔적도 없이 사라지고 없었어. 항상. 바람은 알고 있을 거야, 하고 그 안에서 일어난 일에 대해서 물어야 하는데. 눈빛 흔들리면 왜 흔들리는지. 눈길을 피하는지, 말을 잃었는지, 혀를 잃었는지 알고 싶었지만 물을 수 없었어. 그냥 사라지고 없었어.

혹시 바람은 햇빛의 안부를 궁금하게 하는 어떤 그와 교살을 공모했을지도 몰라, 하고. 햇빛교살을 누설하지 않으려고 부리 증발하듯 몸을 숨겼는지 몰라, 하고. 그 안에서의 햇빛 안부가 궁금했을 뿐이야.

내 의도는 아니었을지라도 내가 왜 하필 햇빛의 감금을 목도하는 자리에 발목 묻고 서 있었는지 햇빛은 어쩌면 알고 있을 거 같아. 여전히 문을 열 때마다 바람 들고 햇빛 드는데 문 닫은 뒤로는 바람도 사라지고 햇빛도 사라지는데. 바람의 날개도 궁금하고 햇빛의 안위가 미치도록 궁금하다가 허리 굽고 목 늘어진 어느 날 드디어 바람이 밀어주는 대로 흔들리다가 아뿔싸! 내가 그 문 안에 갇히게 되었는데. 없었어. 햇빛의 시체라도 봐야 목 놓아 울어주기라도 할텐데. 없어. 없었어. 햇빛은. 또는 바람은 오히려 나를 이곳에 밀어넣기 위해 내 안에서 요동치는 동요를 불러일으켰을까? 한 패였을까? 나 이렇게 여름나기를 하고 장마를 겪고 가을되어 말라가다 익지 않은 씨알 땅에 버리고 발아되지 않는 모습을 지켜보다 이윽고 한 생을 마감하는 것일까?

새들이 우는 것도 나를 가두기 위한 신호였는지 몰라. 적을 만들다 한 생을 마감한다는 것도 얼마나 치욕인가. 또 어

쩌면 그들은 나와 아무 상관없는 별개의 존재이므로. 존재
였으나. 존재였으니 존재인. 그런 건지도 몰라. 전혀 아무
상관없는 이들의 안위를 궁금해하고 걱정하는 것이 목숨조
차 위태하게 만드는 일인줄 모르는 바 아니지만. 돌아보건
데 꽃잎 떨어지는 소견을 안다한들, 설령 모른다한들 누구
에게 허허 빈 가슴을 내보인단 말인가. 사랑하였음으로 행
복했다는 저 위선의 끝자락에서 뛰어내린다한들 누가 봄날
길바닥에 버려져 으깨진 유채꽃을 껴안고 곡을 하겠는가.

이제는 나를 기억하지 않아도 좋겠다. 애타하지 않아도
좋겠다. 온몸으로 체득한 절망의 마지막은 그래서 새로운
것이다. 너 운다고 귀를 세우고 별 반짝인다고 눈을 씻고
하던 일은 이제 없을 것이다. 알아버렸다는 것은 새로운 떠
남이다. 그렇다고 내 뒤를 부탁하는 것이 아니다. 부탁하지
않아도 햇빛은 직선으로만 내달리고 바람은 산을 만나면
애돌아 갈줄 안다. 그렇게 때 되면 햇빛이 곡선으로 휜다는
것도 이제 안다. 목탁새 울고 땅 마를수록 고개들어 하늘

보느니 사람들아 꽃들아 이제는 안녕이다. 영영 안녕이다.

거시기 거시기

평소 거침없이 말하는 구례 거시기 보살이 안거 들어갔
냐고 물어왔겠지.

그래 한 번도 나온 적 없다고, 나온 적 없는데 들어갈 일
뭐 있겠느냐고 말해줬겠지.

그랬더니 스님은 앉은뱅이요? 하고 말했겠지.

그래 구멍문저리가 구멍에 산다고 다 앉은뱅이간?

구멍문저리도 눈은 높이 달려서 지가 사는 뻘밭 세상 굽
어볼 때는 눈썹 위에 손금 긋고 눈 가늘게 뜬 채 한껏 멀리
바라본다고.

하늘 나는 새는 새의 눈높이로 허공세상 바라보고, 물에
사는 물고기는 물고기의 눈높이로 물 속 세상 바라보고, 땅
속 기어다니는 지렁이는 땅 속에서 바라볼 수 있는 가장 최
대한의 눈높이로 땅 속 세상 바라본다고.

그렇게 말해줬겠지.

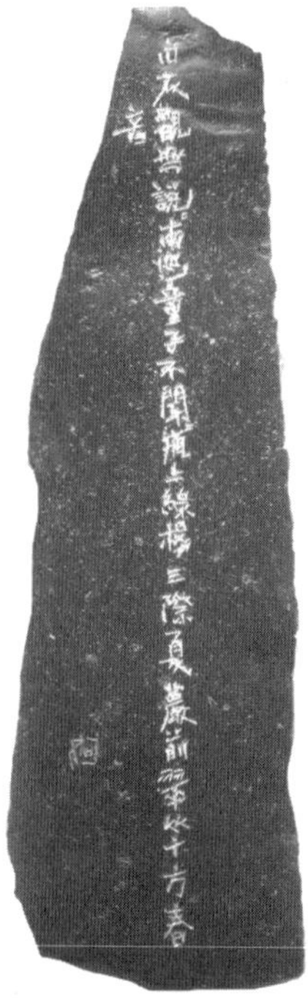

단풍

익은 것들은 울긋불긋하지

감도 익으면, 뺨도 익으면, 노을빛도 익으면

익는다는 것이 얼마나 부끄러웠으면 붉은 뺨이 되었을까

물컹물컹 으깨지는 것들은 죄다

살아온 날들에 대해 울컥울컥 울음 참느라 토해내는 각

혈인데

단풍산에 사는 그녀 목덜미가 붉은 것도

다 단풍 들어서 그런건데

빵

빵이 얼마나 말랑말랑한지
한 입 베어 입에 물었더니
입이 빵 속으로 빨려들어가
빵이 입을 물고 놓아주질 않네

습관

곰팡이 핀 김치를 끓이다가
가스불꽃 약해지길래
혹 불었네
장작불인줄 알고

길

풀기 없는 두루마기 입고 산 넘어 간다

이슬길 걸어 산 넘어 간다

거기 큰 손바닥으로 등 토닥여주는 돌부처님 혼자 산다

돌아보지 않을 것이다

고개 들어 하늘만 볼 것이다

그러고도 남은 시절 있거든 별처럼 앉아있을 것이다

꽃자리에

내 어머니 관음전 올라

댓돌에 신발 벗었겠지

무릎 접고 이마 조아려 애원했겠지

눈 감거나 눈 뜨거나 그러했겠지

염주알 굴리듯 관음전 문고리에 목매달며

어쩔거나 그대도 그러하겠지

눈 감거나 눈 뜨거나

나도 그러하겠지

살았다 죽었다

관음전 문지기 손아귀를 못 벗어나고

아리랑 쓰리랑 맴돌고 있으니

언제나 내 안의 꽃자리 주저앉아

댓돌처럼 앉으리

노래

누가 내 어깨를 뽑아 거문고 술대를 만들어 다오

누가 내 머리털 뽑아 두 줄 해금을 문질러 다오

어디 절집 마당 풍경 떨어지는 소리로 휘돌아

비로전 뒤꼍에 낙숫물 소리로 사라져버린 사람 없느냐

어디 단풍 같이 늙은 여자 하나 없느냐

만나 합장하고 늦가을 시린 물소리로 흘러가

산그늘 지는 밭두렁 두엄더미 따뜻한 곳에 뼈 묻어 버리
고는

만 년이나 이만 년쯤 캄캄하게 눈멀어도 좋겠는데

풀꽃들이 극락방향으로 쓰러져버린 날

연밥 모가지 다 꺾이고

물그림자에 저렇게 빼빼마른 눈으로

연잎 같이 말라비틀어진 세상 늙은 것들과

주거니 받거니 밤새

어디 천만 년쯤

서걱이는 노래 없느냐

불러주마

불러주마 저 수 많은 귀에 대고

햇빛을 마주한 채

온기는 충분하시느냐

습기도 수분도 충분하시느냐 안부하고

풀밭 같은 노래

강물 같고 시냇물 같은

그 위를 흘러가는 새 같은 노래

3부

백 년 있다가

나무 옆에 서면

우리도 저렇게 몸 비틀며 춤출 수 있을까 생각합니다

한 팔 비틀어 백 년 있다가

다시 한 팔 비틀어 백 년 있다가

어깨 통증이 무릎 관절 타고 내려올 때쯤

그러니까 한 오백 년쯤 통증 느끼다가

골반뼈에 빙하기 올 때쯤

다시 몸 바꿔 다시 웅크린 자세로 천 년쯤 있다가

그러다가 이 땅에서 다시는 무릎 세우고 일어서지 못할 때

그때는 편히 산맥을 베고 누워 흩어져 버렸으면 하고

새

부래옥잠이며 개구리밥이며 하는 부유식물들은

죽으면 다음 생에 새가 될지 모른다

물 위를 날던 푸른 이파리들 날개삼아

천둥 번개 치는 어느 때

몽골 평원을 날아올라

우랄산맥을 넘어 다시 돌아와서는

이생과 전생 어디쯤에 기억 묶어놓고

철따라 오고 가는 새가 될지 모른다

얼음 든 부리와 발목으로 다시 돌아가

산죽 같은 발 물 속에 묻고는

핏줄은 핏줄대로 섬유질은 섬유질대로

몸 풀어 날아오르는 새가 될지 모른다

부유식물의 아랫도리에서

눈에 익은 안간힘의 발짓들을 본다

새를 본다

넉넉하고 멍먹한

누구는 낙타를 기른다 하고
누구는 멍먹한 눈망울 속
물 깊은 낙타를 기른다 하고
누구는 천 년을 지나도 눈 깜박일 줄 모르는
귀머거리 느티나무를 기른다 하고
누구는 고비사막을 달리는 말갈기 속
초원과 바람과 산과 햇빛
그것들이 녹아있는 말 젖을 짜
넉넉하고 넉넉한 별들의 저녁을 준비한다 하고
누구는 지상의 모든 수미산들이
저마다의 뒤척임으로 한 과의 사리를 깎는다 하고
누구는 다람콧 안개 속
과거 생에 버린 자식의 쓸쓸한 눈빛을 품는다 하고
누구는 부도탑에 낀 적막을 마주하고는
울먹울먹 주저앉아 한 마리 목탁새를 닮는다 하고

실컷 울었으면

　실컷 울었으면 좋을 풍경이로군요. 뻘밭에 쪼그리고 앉아 꺼이꺼이 아직 소금기 덜 빠진 뻘 위에 뚝뚝 뜨겁게 울어버렸으면 한동안 갈빗대와 옆구리 근육들 좀체 사람 만나는 것조차 마음 내키지 않아 저물녘 소래포구 갈대 사이로 보이는 소금창고 서글프게 보이는 날은

연등

향 하나 직립으로 곤두서서

저를 태운다

향 하나 가운데 두고

촛불 둘이 숨죽이고

주거니 받거니 몸을 태운다

향 하나 얼마나 애타게 저를 다비하는지

어깨뼈가 툭 골반뼈도 툭

이윽고 목격자도 죽고 없을 일인데

제 눈부터 태우는 다비를 보고 있노라면

눈물나게 고요하다

꽃잎꽃잎 화창하다

연밥 익는 내력

꽃잎 졌다

다투어 날아올라 피리 불던 술대들도 졌다

방마다 숨골 깊이 씨알들이 토실하다

꽃잎 하나는 떨어져 바람타고 갔다

다른 하나는 허공에 몸이 묶여 눈멀었다

누구나 한 번쯤은 나락에 떨어져 절망 한다

눈물 마르면 버리고 싶지 않아도 무참히 버려야 한다

그래야 눈물 굳어 사리가 된다

눈을 깜박거릴 때마다 사리 된 구슬이 쏟아진다

꽃잎 져야 사리가 나온다

그러니 꽃잎 지는 가을 어디 슬프기만 하겠는가

내 안에 여러 씨알 토실한 건

그 중에 몇 놈을 잃고 몇 놈이 살고

그 중에 또 몇 놈이 꽃으로 피어날지

한 놈만 꽃피워도 천 년은 견디겠다

꽃잎 져야 연밥 익는다

연필 깎는 아침

해 뜨지 않은 푸른 새벽 그 때
연필 깎아본 적 있느냐
속 붉은 살을 깎아
요사채 담장 너머 늙은 느릅나무
하늘이파리 차게 젖어있는
이 향기로운 아침을
전하고픈 사람 있느냐
그렇게 향기롭게 낱말을 깎아도
저 단단하게 뿔처럼 돋나나는 마음
전할 것도 없어서
연필밥 태우며 공양하느니
아침 내내 나를 깎아 좌복 위에 놓으면
너도 나도 향기롭겠다
참 맑은 공양이겠다

저무는 것들에게는 없는

꽃들은 얼마나 어지러울까
이 별에서 태어나
이 별에 저무는 것들에게는 없는
꽃들의 배회는 얼마나 속 쓰릴까
있는 듯하지만 꽃이 졌다고 우는 눈물 속에는
저문 꽃들의 영혼이 누울 자리는 없다
눈물 뒤에 쏟아진 잠은
뒤끝 바람으로 말끔하다
하직 인사 다 하지 못하고
다시 태어나 꿈이 되어야 하고
절절한 무엇이 되어야 하는
꽃들의 배회는 어지럽다
이 별에서 피고 저 별에서 지는
꽃들은 얼마나 지난한가
멈추지 않는 꽃들의 유회는

죽비 치는 시간

겨울이 게으르게 지나간다
겨울이란 꽁꽁 언 긴 강을 뽑아
백회혈에 흐르게 하고 달을 입에 물고
녹이는 일이다
사람들은 더 이상
달을 양식삼아 한 세상 지나가도
춥지 않겠다
하루에 한 번 떨어지는 눈꼽이 쌓여
수미산이 되었으면 찾지 말라
강물 이미 녹았겠다
만산에 눈 펄펄 오는데
바랑 지고 숲숲을 가는데
나무들이 목덜미에 눈을 던진다
죽비 치는 시간이다

오늘은 여기 앉아 네 소식 들었으니
내일은 눈에 그을려 희게 웃겠다

차 먹는 법

혼자 있을 때면 차를 먹는다

차를 입 안에 머금고 멀리 있는 산을 본다

혀 아래, 깊은 저 아래

네가 녹아 향기롭게 녹아

천천히 더 녹을 일 없을 때

조금씩, 조금씩 나를 삼킨다

이윽고 물이 되고 바람이 된 내가

세상에 버려진다

기억할 아무것도 없어야

온전히 버려졌다고 말할 수 있다

산이 가까워졌다

이마를 지나가도 잠 속을 지나가도

나인줄 모른다 그것이 좋다

좋았던 기억, 슬펐던 기억 모두

샘물처럼 솟아오르지 않아야

온전히 나를 방생한 것이다

콕 콕 콕

콕콕콕

손끝에 바늘 물고 마음 찌르고 계시는지

그때마다 빨간 피가 눈물처럼 나오시는지

가슴 어디쯤 명치 어디쯤

꼭꼭 찔러보시는지

찔러서 피 한 방울 안 나올 때까지 찌르시는지

바늘 한 번 찌르고 마음 한 번 찌르고

찌르고 찌르다 터지지 않는 속울음이라도 터트리시는지

손끝에 바늘 물고 찔러본다

눈발 휘날리는 마음

콕 콕

탁발, 아미타불

세탁소 모퉁이 계란가게와 피아노학원과 분식집이 있는 골목에 늙은 노파 하나 리어커를 끌고 있었다 빵빵대는 차를 비켜주고 한숨 쉬던 늙은 노파는 미래부동산 커다란 급매물 시세표 유리창 그 앞에 등 굽은 전생을 세우고 이생을 추스렸다 이생에 흘러내린 머리칼 쓸어 올리고 삐져나온 종이박스는 꾹꾹 밀어 넣고 유리병과 페트병은 따로 싣고 쓸 만한 비닐봉지는 녹슨 리어카 난간에 듬성 묶었다

그 노파 리어카 운전대 안에 동그마니 몸을 말아 앉았더니 몸을 바꿔 억억, 토악질 해대는 부동산 매물 시세표 아래 배달시켜 먹고 내놓은 접시를 노려보았다 식었지만, 그리고는 거기서 불에 잘 그슬린 수입산 자반고등어 머리를 골라 내셨다

그 노파 김치와 마늘쪽과 콩나물을 굽어보시더니 이윽고 이생의 난간에서 바람에 흔들거리는 검정 비닐봉지 하나를 풀어 탁발을 하셨다 김치 국물은 얼었다 붉은 얼음 발톱 같은 손톱으로 쪼개시더니 이 빠진 어금니로 물어도 보고 청

동미륵반가사유상의 혓바닥으로 핥아도 보다가 핥아도 보다가 입에 넣어 녹여도 보는데 놈의 겨울은 참으로 잘 녹지 않는다

　오늘 저녁 탁발은 그래도 거룩하게 이루어졌다 이제는 돌아가시어 손도 씻고 발도 씻고 없는 대중 불러 모아 저녁을 드실 것이다　가끔 와서 허기를 면하는 고양이한테나 이 밥을 먹어라 저 밥을 먹어라 두런두런 구부정한 법문을 하실 것이다 오늘 저녁도 청정하게 주무실 것이다

총총

별 총총하여 마음도 총총합니다.

너무 총총하면 잠 안 옵니다.

그만 총총했으면 좋겠습니다.

가끔은 잠도 자야하고

가끔은 해찰도 부려야하고

또 가끔은 폭설에 갇힌 짐승마냥

눈만 꿈벅거린 채

일대사 용맹하게 사생결단 내려야 하는 일이라

그렇습니다.

총총하지 않으면 어느 것도 흐릿합니다

별 총총하듯 마음 총총하고

잠 속에서도 총총하고

풀나무도 총총

미운 것들, 어여쁜 것들

세상 모두 총총하기를

생각했다

나를 치는 저 울림

그 때 나는 소리쳐 불러야 했다

쥐똥나무에 꽃이 피고

벌나비 날아들어 꽃을 망친 계절을 지나

이듬해에도 또 그 이듬해에도

내 안에 주인처럼 살아 꿈틀대는

그대 불러 세워야 했다

물소리는 물을 떠나

그 물에 연연하지 않는다

지금도 그대 거기 그대로

산기슭 물소리로 살았다가

숲을 떠나 물을 떠나 혼잣소리로 자유한가

절대고독을 여읜 내 큰 울림

뻘밭에 머리 조아렸다

그 때 마침 눈이 내렸는데 해가 지자 사위는 더욱 어두워
지고

펑펑 쏟아지는 눈발에 와이퍼는 저 혼자 부지런했다

자동차 바퀴는 자꾸 내 삶의 질곡으로 미끄러지기를 반
복했다

그 때 내 삶의 속도는 시속 30km

빙판길 녹기를 기다려 당도한 광보사 연방죽의 마른 꽃
대는

깊이 폐부를 찔러온다

얼마나 즐거운 일이더냐

제 의지 하나 없이 해찰부리는 아이들 마냥

저마다의 방향으로 쓰러진 꽃대

연꽃보살의 속내에는

사리를 굽느라 닳아진 연탄구멍이 숭숭 뚫려있다

거기 한 구멍 자리하고 틀어 앉아

내 전생을 태워버려도 좋으리

연밥 속의 종자들은 다들 이승을 하직한 고승들이라

하산하여 하화중생 하는 보살들이거니

저 마른 몸으로도 얼마든지 몸 굽혀

저를 꽃 피운 뻘밭에 머리 조아릴 수 있다는 것은

내 삶의 시속이 빠르지 않아도 좋다는 소식

저를 우주로 밀어올린 뻘밭으로 돌아갈 줄 안다는 것은

햇볕 고인 담벼락 아래 뻘밭이거나 아니거나

뜨신 탄불 아궁이 같은 위안이다 내게는

부처님 손가락에서 놀았다

관음의 이마를 훔쳐다가 함월산에 버리고
오는 길 지팡이 들어 물길이나 짚어 보고
물 건넌 뒤엔 마음 세워 저물도록 앉았다

부디

저기 내가 묵은 게스트 하우스 난간 위로

원숭이 한 마리 기어와서는 빵을 달라 하네

산산이 습기에 젖어 후줄근한데

티벳스님 빨간 치마는 핏빛으로 불타는구나

다람콧 절경에 올라 짜이를 먹고

안개 속에서 릭샤를 타고

달마지를 갈거나 보살지를 갈거나

맹세했지 다시 수미산 올라 그 동굴에 들면

세상은 히말라야처럼 푸르고

스투파처럼 희고

타루쵸 룽따 나부끼는 바람의 경전으로 붉디 붉어서

푸르게 각혈하든 희게 각혈하든

바람아 눅눅한 습기야

길 가다 어느 모퉁이에서 구겨진 채 죽더라도

부디 빠르게 흩어지기를!

4부

부도

날개 없는 큰스님은

하필 저 무거운 돌덩어리에 갇히셨을까

사리는 언제 익어 광명법회 이룰까나

나 죽으면 불에 태워 명문일랑 새기지 말라

살아서도 빚 갚기 바빴는데

둥근 것들

얼마나 다행인가 둥근 것들은
괜찮아?
콩나물시루에서 한 콩이 몸 비틀며 말한다
젖은 콩들 틈에서 다른 콩이 일어나더니
괜찮아?
그도 둥근 몸을 비틀어
아직 싹트지 못한 어린 콩
뒷덜미에 대고 말한다
다행이다 우리
둥근 것들은 입도 둥글어
말을 둥글게 한다

끈

그대가 아파하니 나도 아프다는 거

그대가 즐거워하면 나도 따라 즐겁다는 거

나는 그대에게 전염된 하나의 통증

그렇다고 빵처럼 나누어질 수 없지만

날카로운 칼날이 지나갈 때

근육과 실핏줄과 힘줄들이 잘려나갈 때

그대가 아파한 통증이 내게 전이되어

나도 꼭 그만큼의 섬뜩함에 소름 돋았다는 거

너무나도 아파서 그 고통이 통증을 마비시킬 때쯤

경각에 끄덕이던 고개짓을 나는 기억한다

그대의 그것이 그대만의 것이 아니라

나의 이것이 나만의 것이 아니라

접신된 이들과

접신되지 않은 이들과

핏물 적신 땅과

둘러선 나무들과

허공중의 티끌까지 모두 한통속이라는 거

그러니 걱정하지 말라고 편안해질 거라고 위안할 수 없는

그대의 죽음 우리들의 죽음

이 기막힌 공업(共業)

율무차

안거다. 떨어진 단추 달아보겠다고 바늘쌈지 찾아봐도 없어서 보내지 못한 우편물을 들고 산을 나섰다가 눈길에 차 얻어 타고 우체국까지 갔다 왔다

닳아진 바퀴로는 해 들지 않는 굽이길과 빙판 된 산을 넘지 못할 것이므로

뽀득 뽀득 걷다가 뒷걸음질로 걷다가 설경 중에 피어오르는 마을 연기 바라보다 이십 리길 걸어 돌아오니 땀이 후줄근하다

우체국 자판기 율무차나 한 잔 하고 올 걸

담중유화(潭中有火)
— 주역(周易)의 한 괘(卦)

말했잖아 바람에도 뼈가 있다고

돌 속에 강물 흐른다고

꽃잎 속에 절벽 있고

못 가운데 불타오른다고

밖은 비가 오고 나는 난로불을 피운다

일로향실(一爐香室)

그 절에 허리 기역자로 꺾인 노보살이 살았는데, 주지가 바뀌고 공양주가 바뀌어도 여전히 기역자로 꺾인 허리 동그랗게 만 채 푸성귀를 다듬거나 가마솥 아궁이 연기처럼 매캐하게 산다. 그 노보살이 식칼로 듬성 썬 과일 바구니를 들고 문지방 짚고 말을 한다. 시님 인자 사과도 떨어지고 감도 떨어지고 인자 읎어. 그 보살 젊은 공양주에 밀려 백솥 걸린 아궁이 뒤로 새로 지은 비닐하우스에서만 꺾인 기역자 이리 채이고 저리 채이고 펴지지 않는 기역자로 실가리 묶은 것들 하우스 뼈대에 가지런히 걸어놓고는 인자 나 죽어도 올 겨울 실가리국은 걱정 읎어. 그런다. 그랬는데 지난 번 지장재일 때도 역시 기역자 노보살이 백솥 옆에 앉아 시금치를 다듬고 있길래 물 묻은 손 잡고는 보살님이 이 절 신장님이여. 했더니 와따, 그런 말 마씨요이 언른 죽어사제. 인자는 허리가 더 꼬부라져서 안 된단 말이요. 그런다. 그러면 실가리는 누가 엮고? 그런다. 그래봐야 나 죽으면 즈그들이 해사제라. 그놈의 즈그들은 공양간 하얀 불빛 아래서

96

요리나 할라 그러고, 스님 옆에 풍성하게 앉아 차나 쪼로록 따를라 그러지, 그런 자리 끼지 못하는 기역자 노보살 여전히 비닐하우스 옆 하얀 솥단지 끼고 앉아 절을 지킨다. 부처님은 가끔 법당 문턱을 넘어 기역자 노보살 몸 속에 들어와 꺾인 기역자로 시금치를 다듬고 있다.

별

나는 별입니다

당신에게 편지를 쓰거나

눈물겹도록 어여쁜 당신 생각할 때면

밤 깊을수록

또록또록 맑아오니

오솔오솔 추워오니

소리

밤새도록 들어도
질리지 않는 소리가 있다
사랑한다는 소리
별빛이 맑다는 소리
아이들 웃음소리
꽃이 바람에 흔들리는 소리
하늘이, 산천이 움트는 소리
우리가 모두 부처라는 소리

상처를 건져

불 속에서 너를 건지다
마음을 데었다
물속에서 너를 건지다
마음을 잃었다
바람 속에서 너를 건지다
바람의 결에
마음이 찢겼다
네 속에서 나를 건지다
마음을 다쳤다

상처 속에서
마음을 건져 올려
돌로 쳤다
으깨진 그것을
햇볕에 말려놓으니
눈 뜨듯 멀리 홀연히
겨울 햇빛이 맑다

답장

내 발은 편안 합니다 그러니 마음 놓으소서

주말엔 또 지리산에 들기로 했습니다

잠깐 거기 사는 환속한 중생 하나 만나

그가 쓴 몇 줄의 시 게송처럼 읽고

감동하면 회심곡이라도 부를 양으로

마음 세우고 지리산엘 갑니다

오늘도 고독한 사람이 건네는

안개 어룽거리는 술잔을 받고

나도 고독한척 마주 취합니다

세상은 적당히 고독합니다

어떠합니까

싯다르타는 얼마나 고독했으면

머리 위에 새들이 깃들어 살았을까

내내 그것을 생각 했습니다

그러니 그대도 적당히 고독하소서

그대 안에 돌아가 편안 하소서

고맙다

그리운 놈들에겐 산도 고맙고
보고픈 놈들에겐 달도 고맙다
말 하지 말라
그리운 놈 보고픈 놈
아니 보인다고

그립지 않은 놈
산 말 하지 말고
보고프지 않은 놈
달 말하지 말라

오직 네 안에서만 산으로 앉아
오직 네 안에서만 달로 뜨라
산 무너지면 함께 무너지고
달 지면 함께 져버려라
웅웅 산 일어서는 날
둥실 달도 뜰 것이니

목어를 듣다

척추는 뽑아 사철 풍화 잘 삭여

나이테 선명한 대들보로 주었습니다

가시 뼈는 잘 발라 백련 홍련 연꽃문양

타고 노는 서까래로 주었습니다

이미 빙하기의 화석이었던 비늘은 뽑아

연화대 꽃잎으로 둘러 꽂아 썼습니다

그래서 나를 물고기라고 생각하는 이에게는 비린내가 나고

아니라고 생각하는 이에게는 향내가 나는 것입니다

내 수염은 용을 닮아 눈을 찌릅니다

눈 찌르는데 고개 돌리지 못해도

함부로 눈물 흘려 구걸하지 않습니다

눈 알 굴려 한눈팔지도 않습니다

눈 깜박이는 것도 잊었습니다

눈 깜박이지 못해 가시 박힌 지 오래

잠든 적 없어서 눈 먼 지 오래

산을 베고 편안히 잠드는 것도 잊있습니다

입에는 여의주를 물어서 말문을 닫았는데

닫은 말문 안에서는 자꾸 꾸륵꾸륵

몸뚱이가 바다 깊숙이 가라앉는 물소리를 냅니다

지느러미는 지느러미대로 한 소식 얻어

귀에 익은 소리로 꼬리지느러미 꿈틀거릴 때마다

태풍이 불고 풍랑 일었습니다

그 바람에 별자리들 저만치 물러나

시샘하듯 깜박깜박 눈 곰치곤 하였습니다

간도 없이 부레도 없이

세상 밖을 오르내리던 부레는 말려

아이들 손에 쥐어주었습니다

뱃속 긁어 어디에 버렸는지 기억나지 않습니다

제 속을 긁어 지구밖에 버린

아이 잃은 사람의 쓰라림 같은 것입니다

쓰라림은 내게 소용 닿지 않는

기억에도 없는 호사입니다

그런 빈 뱃속 아침마다 굴 속 헤집듯 내지르면서

저녁마다 큰 바다 작은 바다 큰 강 작은 강의
물 속 생명 물 밖의 생명
떠도는 영혼들의 아가미 어루만지며
과거생의 물 속 벗들
그리워하는 것은 이골이 나
나를 치는지 너를 치는지 분별도 없습니다
몸을 치는 그것조차 없다면
이 헛헛한 몸뚱이
어찌합니까 천만 길 낭떠러지 아래
내 속의 것 잃어버린 빈 뱃속에서
몸을 다칠 때마다 나는 소리가
그나마 위안되는 소식이어서
얼마나 다행인지 모릅니다
내 속에 너를 남아

우주를 울리는 노래 한 소절로

마감할 수 없는 한 생 변함없이 사는 것이

내 마른 몸뚱이의 말 없는 뜻입니다

사랑한다

사랑한다
이 땅의 모든 꿈들
지나는 바람들
혹은 별빛들
겨울 견디고도 홀로 피는 풀꽃들
그것들을 사랑한다

뒤끝

예나 지금이나 견딜 수 없을 때 쓰는 것은 여전합니다. 쓰지 않고는 내 안에 깊이 웅크리고 앉은 어떤 것들이 제각각의 혀와 눈빛들 동원하여 일제히 달려들 것이므로.

흔들리는 것들과 쓸 데 없이 가파른 것들, 게으른 것들. 반듯하지 못한 것들과 맑지 못한 것들 경계하기 위해서는 끊임없이 나를 다그쳐야 했습니다. 그 다그침의 채찍이 몇 마디 독법(讀法)으로 남겨진다고 세상 태어난 업장이 녹아내리는 것은 아니겠지만 어쨌든 말빚에 허덕이지 않고 온전한 내면만 남기기에는 턱없이 부족한줄 알면서도 또 다시 몇 편의 시를 세상에 내보입니다.

지난 시집도 그러했지만 빈 손바닥 내보이는 것처럼 맨숭하고 허허로우며 부끄럽기 짝이 없습니다. 쓴다고 다 절창이 되는 것은 아닙니다. 버릴 말과 버리지 못할 말은 이제 독자들의 몫입니다. 한 권 시집에서 절창 세 편만 건지면 다행이라는 시인들의 속내를 털어놓을 뿐입니다. 어느 기슭에서라도 헤어진 벗처럼 만나게 되기를 바랍니다. 어눌하여 입으로 말하지 못하면 그냥 씽긋 웃어줄 일입니다.

해마다 책 내야지 하고도 내지 못했습니다. 이번에 하지 못하면 또 내년으로 미뤄질 것이라 무리함을 무릅쓰고 원고정리를 시작했습니다. 애초에는 산문집도 한 권 묶고 그동안 만들어 전시했던 와편작품들 도록집 한 번도 내지 못한 편법으로 책갈피 속에 신자 했으나 산문집도 여의치 않고 사진 파일도 찾지 못해 결국 시집 한 권으로 만족하기로 했습니다.

나 역시 우리나라 말로 생각하고 사유하는 영락없는 한국 사람입니다. 혼잣말로 중얼거려도 한국말로 중얼거리고 꿈 꿀 때 쓰는 말도 우리말입니다. 그러니 우리말로 시를 쓸 수밖에요. 사람들은 누구나 예닐곱 살 때까지 배운 말로 평생을 써먹습니다. 중국 사람은 중국어로 생각하고 인도 사람은 힌디어로 사유하며 티벳 사람은 티벳말로 꿈꿉니다. 놀라운 일입니다. 이 놀라운 언어습관과 훈련으로 인해 형성되는 각각의 개별성은 거주하는 곳의 환경과 문화와 공동체끼리의 역사, 이웃들과 주고받는 다양한 소통이 보태져 집단적 정체성으로 드러나게 마련입니다. 외국말을 잘한다고 외국어로 꿈꾸는 사람은 없습니다. 모국어의 힘입니다.

부처님께서는 당연히 위대한 시인이십니다. 조사스님들께서 남기신 편편의 게송들 역시 한 편의 시로만 보아도 절창에 다름 아닙니다. 어차피 나는 머리 깎은 출가사문으로서의 공부단속도 해야 했고 시인으로서의 자양분도 취해야 했으므로. 그 때는 만해스님도 눈에 들어오지 않을 만큼 흠뻑 게송에 빠져있었습니다. 그 때나 지금이나 시를 좋아하거나 그 향기에 놀고 싶거나 시를 쓰고자 하는(여기에서는 '예에 놀다'라는 의미의 '유어예遊於藝'가 아니라 '시에 놀다'라는 의미에서 '유어시遊於詩'쯤 되겠다) 사람들에게는 늘상 조사스님들이 남기신 게송을 읽으라고, 읽고 외우고 쓰라고 권했습니다. 여기 한 편의 시(偈)가 있습니다.

잇큐선사가 산길을 가는데 험상궂은 스님네들이 길을 막고 소리 질러 물었다.
"잇큐! 불법이 어디에 있는가!"
잇큐선사가 옷섶을 헤쳐보이며 말했다.
"내 가슴 속에 있다."
그러자 한 스님이 칼을 들이대며 말했다.
"네 가슴에 불법이 있는지 어디 한 번 열어봐야겠다."
잇큐선사 그 때 태연히 한 수 시를 지어 읊었다.

해마다 때가 되면

여기저기 흐드러지는 산벚꽃
그러나 벚나무 쪼개봐라
벚꽃이 나오는지

넉 줄짜리 단문에 불과한 이 시의 압권은 맨 마지막 행에
있습니다. 벚나무 장작 도끼질 해봐야 벚꽃 안 나온다는 말
입니다. 부처를 쪼개봐야 부처 안 나온다는 말입니다. 고승
을 쪼개봐도 고승 안 나온다는 말입니다. 눈에 보이는 색
(色)으로서의 물질에 집착해서는 본질을 보지 못한다는 말
입니다. 흡사 선방 수좌 좌복 밑에서만 부처가 출현하는 것
은 아니라는 말과도 같습니다.

부처님 법이 네 안에 있는지 어디 간이라도 한 번 꺼내봐
야겠다는 저 호기로운 용맹함도 절창이 되게끔 받쳐주는
중요한 한 방입니다. 저 한 방이 없었더라면 벚나무 장작
쪼개봐야 벚꽃 안 나온다는 번갯불 같은 일갈도 없습니다.

벚꽃은 불법의 다른 말이고 벚나무는 잇큐선사 자신의
몸뚱이를 뜻합니다. 장작개비 같은 내 몸을 쪼갠들 불법이
나오겠는가 라고 되받아치는 한 마디에서 호쾌한 승부를
맛보게 하는 것입니다.

이 정도 이야기 했으면 시인들은 단박에 알아챘을 것입
니다. 만약에 저런 시를 누가 쓴다면 찾아가서 예를 다해

경배해도 될 일입니다. 다시 말하지만 천만 편의 시를 읽어도 저 게송 한 마디보다 못합니다. 시만 가지고도 이러한데 하물며 수행이라니!

바울만 가지고 일평생 치는 사람은 바울수행자라 할 만하고 피리 들고 일평생 피리만 부는 사람은 피리수행자라 할 만합니다. 불화작가를 불모(佛母)라 하는 것도 만달라 수행자와 다름없기 때문입니다. 범음(梵音)을 노래하는 이에게 만트라 수행자라 부르는 것도 다 일리 있는 일입니다.

시를 가지고 평생 시를 쓰는 것도 시수행을 한다고 말 할 수 있습니다. 가장 유효적절한 단어를 찾아 적재적소에 놓는 것은 시인 작가들의 몫입니다. 목수에게 시를 쓰라거나 대장장이에게 불화를 그리라고 한다면 이 얼마나 어울리지 않는 일입니까? 수행의 방편은 그 재료나 도구가 무엇이건 간에 그것을 통해 어떤 것도 더 이상 찾아지는 것이 없을 때 비로소 궁극을 보았다고 하는 것이니 위대한 청소부와 자애로운 성자는 같은 길을 가는 셈입니다. 결국은 그 길을 가지 않을 수 없는 운명을 가지고 태어난 이들에게 경배하는 것입니다.

엿장수는 종신토록 엿가위를 치고 연금술사는 종신토록 배운 연금술로 향로를 만듭니다. 시인은 죽도록 시를 쓰고 수행자는 죽도록 수행하는 이 막중한 습업(習業)을 벗어난

다면 얼마나 좋겠습니까? 그러니 저 잇큐선사의 게송처럼
칼 들고 죽이겠다 달려드는 이도 따지고 보면 다 스승이라
는 말입니다. 달려들지 않았더라면 어찌 저렇게 벚나무 장
작으로 등장하는 비유를 통해 벚꽃을 볼 수 있겠습니까?

여기 또 한 편의 시가 있습니다.

전생의 일을 알고자 하느냐
현생에 사는 그것이로다
내생의 일을 알고자 하느냐
현생에 사는 그것이로다

법구경에 나오는 이 게송은 전생이 궁금하고 내생이 궁
금한 이들에게 던지는 화두입니다. 궁금한 것의 중심은 역
시 '지금'입니다. 지금 현재 사는 모양이 전생의 너이고 돌
아올 내생의 나라는 절창입니다.

시(詩)라는 한자를 파자해보면 말씀 언(言)과 절 사(寺)
의 합성어입니다. 풀어 쓰면 '절 말씀'입니다. 꼭 절이 아니
라도 좋습니다. 절이라는 이미지에 걸맞는 어떤 말씀이라
는 것이겠지요. 여기서 '말씀'은 정제된, 잘 추려진 그런 말
씀이겠습니다. 위에 인용한 잇큐선사의 시도 게송이고 법
구경에서 인용한 이 시도 게송(偈頌)입니다. 게는 쉰다는
의미의 쉴 게(偈)입니다. 가라앉힌다. 내버려둔다. 놀게 한

다. 등 여러 의미로 쓰일 수 있습니다. 중요한 것은 마음을 그렇게 해야 한다는 말입니다. '마음 쉬게'한다는 말입니다. 그러고 보니 게(偈)와 시(詩)는 닮았습니다. 의미가 말입니다. 일맥상통함입니다.

게송읽기는 여기에서 시작됩니다. 출가 후 한 동안 멀리는 부처님으로부터 고승대덕 조사스님네들이 남기신 게송(偈頌)들을 통해 참 많은 공부를 했습니다. 조사어록을 공부면서 문학으로서의 게송을 눈여겨보고 시로서의 게송을 발견하는데 눈 번득였습니다. 내가 익힌 한국시와 시로서의 게송을 입에 달고 살면서 그렇게 젖어들고 동화되어서 시인지 게송인지 둥글둥글해지면 좋겠다는 마음을 가졌습니다. 현대시에서도 그렇지만 게송에서도 '척'해서는 곤란합니다. 선수는 다 내려다보고 있기 때문입니다. 자기가 선수인줄 알았는데 더 큰 스승이 있어서 들여다보고 있었다면 부끄러운 일이기 때문입니다.

아래 글을 남기는 것으로 입을 닫습니다. 어눌하기 짝이 없습니다. 문 닫는다고 안팎이 따로 있는 것이 아닌 것처럼 말문 닫는다고 전하는 말이 전해지지 않는 것도 아니기 때문입니다. 만나게 되거든 꽃 들고 서 있겠습니다.

익은 것들은 울긋불긋하지
감도 익으면, 뺨도 익으면, 노을빛도 익으면
익는다는 것이 얼마나 부끄러웠으면 붉은 뺨이 되었을까
물컹물컹 으깨지는 것들은 죄다
살아온 날들에 대해 울컥울컥 울음 참느라 토해내는 각혈인데
단풍산에 사는 그녀 목덜미가 붉은 것도
다 단풍 들어서 그런건데

              —석여공, 「단풍」 전문

다람살라 라다산방에서 **석여공**

겁먹은이들은두려움을
벗어나게하진속박당
한이들은자유를얻게
하며힘없는이들은힘
을갖추게하고마음은
서로서로아끼게하소
서

임보려행론
이 글 새김

다람살라의 목탁새

고요숲 시선 004

· · · · · · · · · · · · · · · · · · ·

증보판 1쇄 찍은 날 | 2019년 6월 13일
증보판 1쇄 펴낸 날 | 2019년 6월 18일
지은이 | 석여공
펴낸이 | 이준웅
펴낸곳 | 고요숲
등록번호 | 제409-2010-000022호
등록일자 | 2010년 11월 01일
주소 | 충남 금산군 남이면 상금리 열두봉길 30-36
전화 | 010-7659-8203
전자우편 | yeogongg@hanmail.net
홈페이지 | www. Goyosup.com

ISBN 979-11-950412-0-6(03810)

값 10,000원